KB154330

꽃등불

하나로 선
-사상과 문학 시인선-

꽃등불

초판발행 2024년 3월 28일

지 은 이 권양순
펴 낸 이 박영률
펴 낸 곳 하나로 선 사상과 문학사
인쇄기획 엔 크

출판등록 제2012-000301호
주 소 서울시 마포구 토정로198 영풍@ 101동 상가 204호
전 화 02) 326-3627
팩 스 02) 717-4536

메일주소 holyhill091@hanmail.net

ISBN 979-11-88374-51-9 03810
정 가 12,000원

꽃등불

권 양 순 | 第 1 集

하나로선
사상과문학사

시인의 말

첫 번째 시집을 내려고 준비 하는 과정에서 우선 가슴이 뛰기도 하지만 한편 두려움도 있었습니다.

글과 나와의 인연을 돌이켜보니 중학교 1, 2학년 때로 기억되는데 국어선생님의 지도로 부안 여고에서 치러지는 '부안군 중고등학생 백일장 대회'에 참석하게 되었습니다.

떨리는 가슴을 쓰다듬으며 기다리는데 수필부 제목은 '들국화'였고 들국화를 좋아했던 난 뛰는 가슴을 진정시키면서 기도를 드렸습니다. 어머니를 따라 밭에 갔을 때 보았던 그 들국화가 순간 가슴에 활짝 피었고 그 때 가슴에 품은 들국화를 한 송이씩 꺼내 썼는데 금상을 받았습니다.

글을 연습한다 하면서도 일찍 결혼하여 두 아이들을 키우느라 정신이 없었는데 대학원에 재학 시절 경향신문에서 주부기자 인터뷰에 응할 기회가 있어 경향신문 주부기자가 되어 몇 년 칼럼을 썼던 일이 있었습니다.

어려서부터 시인을 동경 하였고 〈한국 가교문학〉에서 시로 등단을 하였습니다.

그러나 시집을 낸다는 것은 엄두도 못 내고 망설였고, 박사 논문을 쓰면서 너무 힘들어 내 생전에 책 같은 건 안 낸다고 했는데 인생 후반전에 시집을 출판하게 되어 큰 영광이며 하나님의 크신 축복입니다.

시인 목사가 되는 것이 꿈이었는데 허락하신 하나님께 감사를 드리며 저의 글이 슬픈 자 눌린 자 힘든 자들에게 작은 위로가 되었으면 합니다.

하늘 별 달 바다 구름 바람 눈과 숲은 외로울 때 저의 친구가 되어주었습니다.

자연을 바라보며 시인들의 시를 읊으면서 산책하는 즐거움이 행복 이었고 시는 나의 친구 위로자 그리움을 승화시켜주는 삶의 활력소가 되었습니다.

힘 들 때 "차 한 잔 합시다"라고 말을 걸어오는 시는 지친 나를 일으켜 주었고 인생길에 길동무 였습니다.

시집이 나오기까지 수고를 아끼지 않으셨던 소중한 분들께 깊은 감사를 드립니다.

서평을 해주시고 추천사를 써주신 〈하나로 선 사상과 문학〉 발행인 박영률 이사장님과 한국의 아동문학의 큰 스승이신 김종상 선생님, 시집이 나오기까지 많은 도움을 주신 시인이신 윤윤근 목사님께 진심으로 감사를 드립니다.

끝으로 엄마가 자기 길을 개발하여 꾸준히 공부하는 동안 든든하게 지켜봐주고 응원해준 아들 딸 가족과 친손자 승우 외손녀 지윤·해윤에게 기쁜 감사를 전하며 이 모든 영광을 하나님께 드리며 독자들께도 하나님의 은총을 빕니다.

시인 목사 권양순 배상

1부

2부

3부

4부

평설

1부

새해

뜨겁게 타올라라
힘차게 열려라
새해 새아침이여

절망 슬픔은 바다 깊이
가라앉고
소망의 꿈들아 다시 일어나라

해야 솟아라
인생들아 마음껏 뛰어라
신이 축복하시니
찬란한 새아침을 맞으라.

봄의 교향곡

가냘픈 고개 쳐들자
개나리 노란 주둥이
나팔처럼 터진다

봄바람 흔들자
조팝나무 스르륵
온 몸으로 현을 켠다

여기서 방긋 저기서 쏘옥
봄꽃들 서로 음을 겨눈다

내 손이 흔들며 춤추니
봄의 교향곡 온산에 퍼진다.

봄이 오는 소리

얼음장을 뚫고
조약돌 사이 흐르는 골 갯물
은빛 날개 반짝이며
세상 맑게 씻어준다

명지바람에 실린
너의 소식으로
겨우내 닫힌 마음 열리고
매화 터지는 소리가 보인다

숲도 연푸른 단장을 하며
푸릇푸릇 새순 올라오는 길 따라
강물도 흐느적 흐느적 따라 흐른다

나도 바람 따라 물 따라
새 봄 소식 엽서를 띄운다.

가을은 시인

가을은 노래하는 시인
그리움과 사랑을 노래하며
높아진 푸른 하늘 노래하네

가을은 기도하는 시인
메마른 영혼 풍성해지고
고뇌의 외침이 기도가 되네

가을은 편지를 쓰는 시인
흘러가는 구름에
낙엽에 쓴 시 내 님께 보내본다.

단풍

피는 꽃도 예쁘지만
지는 단풍
내겐 오히려 황홀하네

내가 너를 그리워하고
네가 나를 아파하듯

우리 닮은 잎 하나
너에게 곱게 보낸다.

가을비

추적추적 가을비
창밖 빗방울로 열병 앓다가
떨어져 낙엽 위를 뒹군다
주룩주룩 그리움이 내려
심장이 시려온다

백만 방울 알갱이
피어났다
네 뽀얀 턱 밑에서 그치면
붉은 수채화를 그리면
산들도 쉬어가겠지.

아프다

잘 가라고 노란 융단을
세상에 깔아 놓고
폭신하게 밟고 가라
슬픔을 잊어버리라 합니다

누구라도 건들면
참았던 울음은 터지고
햇살 따스한 어울림에도
바람의 소소한 위로에도
가슴이 저립니다

애써 당신은 마주침 외면하고
나는 어쩌라고 떠났습니다
가을이면 그리움 가슴 스며들어
바람 소리에도 나는 아픕니다.

가을 보내기

차가운 바람소리에
가을을 밀어내고
겨울이 다가 옵니다

부디 지는 단풍나무 아래에선
한 숨조차 내지 마세요
가을이 편히 갈 수 없습니다.

단풍엽서

초록바다를 뒤엎어
황금빛으로 가른
노을로 그대는 계십니다

단풍잎에 사연 적은
가을엽서 당신께 씁니다

푸름 속에서 홀로 붉어 흔들린
나를 적어 보냅니다.

님의 노래

성큼성큼 뒷걸음질 치면서
작별 인사를 합니다
푸른 꿈 버무려
무지개 옷 입고
이산저산을 꽃물 들여
가슴 터지게 붉게 접었습니다

풍선을 띄우는 사람들처럼
사무쳐 그리움 토해내는 사람도
어느새 차가운 겨울을 맞이합니다

내 마음 멱차올라
노래 부를 수 없는 입이여서
눈꽃보다 하얀 영혼의 귀를 열어
당신의 노래를 듣고 싶습니다.

가을은 스승

가을은 이별 훈련의
부드러운 스승입니다
단단한 삶의 무게도
가을바람 한 번 불면
새털처럼 가벼워집니다

껍질 깨고 나오는
조개 진주처럼
눈물이 단풍 되었습니다
빨강 고민 파랑 기쁨
노랑 환희 초록 희망
낙엽엔 모든 것 담겼습니다

회색 먹구름 바람 타고
나비처럼 날리는 낙엽은
가을 방랑자에게
둥글게 바람결에 날려 온
선물입니다.

가을이 쏟아진다

톡 건들기만 해도
눈물이 터질 것 같은 가을
햇살의 한갓진 어울림
바람의 살가운 속삭임
가슴 언저리에 가을이 쏟아진다

구름은 내 근심 싣고
산 넘어 고갯길 쉬엄쉬엄 넘어간다
산봉우리 넘어가는 가을이여
어둔 구름 위에 해 있듯
흰 눈 내리면
눈 푸르게 겨울잠이 들리라.

흘러가리라

단풍나무 흔들다가
나를 깨우는 바람
잎들은 노랑나비처럼 춤추며
작별 인사하네

바람 들었나
황금빛 그리움 책갈피에 숨긴 나
기다림만 쌓는다

바람 타고 가는 돛단배처럼
어느 가을엔 낙엽들 춤추듯
구름 한 점 싣고 나도 흘러가리라.

12월의 눈

눈이 옵니다

지나온 날 그리움 떠올라도
춤추며 펑펑 내린 눈에 덮여
고요하기만 합니다

지난 상처도 토라짐도
소리 없이 덮여
평화의 하얀 융단을 폅니다

'눈이 오네'
약속한 듯 친구의 전화입니다
영월 깊은 산마을에도
눈이 오나 봅니다

하얀 눈이 옵니다
그리운 친구의 손이 만져집니다.

나의 송년

피는 꽃 지는 꽃 보며
하루하루 지나갔네
절망의 날들 많았지만
희망을 품고 살아왔네

늘 어설픈 날 이였지만
소망의 아침으로
집 밖을 나섰고
돌아갈 집 있어 밤은 평안했네

참 잘 살았다
나의 한 해에게
수고했다 위로하네.

지는 해를 보며

난 어려서부터 해가 질 때면
마음에 꼭 사진을 찍어 두었다

그 사진은 나를 고향으로
어머니 품속으로 데려다 준다

시를 찍어 넣고
그림을 그려 붙이고

노래도 집어넣었다
백산 들녘의 농부들이

하나 둘 집으로 갈 때
지는 해는 세상을 잠재운다

지는 해는 종합예술이다
평생 내가 그리움을 노래하는 지는 해.

*사단법인 한국가교문학회 등단 시.

은행잎 책갈피

떨어진 은행잎
금방울처럼 마당을 구릅니다

돌담도 덩달아
은빛 추억을 뿜어내고
애달픈 사슴의 노래는
산봉우리 넘어옵니다

아 내 그리움만 멱 차올라
노을 속 윤슬이 되어
저 강물 위에 유유히 흐릅니다

당신을 읽다가 멈춘
책갈피 은행잎 위에
붉어진 내 마음 적어 하늘로 부쳐봅니다.

2부

나

수선화

벚꽃 질 때

김치

청계산

별

자연에 담아

바람소리

숲

바위섬

들꽃

하늘

경비 아저씨

고요가 나를 깨우다

친구의 작은 미소

일상의 행복 (시조)

나

모래처럼 수많은 사람 중
작은 빛 반짝이는 한 알갱이처럼
나는 나 되어 살자
비교하다 잘난 척 지치고
못났다 비참하지 말자

누구나 바다의 모래 같아
세월 지나 쓸리고 깎여 모나지 않네

내 작은 빛이라도 반짝이고
작은 꽃이라도 향기를 내자
수많은 별들도 각자 하나의 별
오늘 힘껏 내 빛은 비추리.

수선화

봄바람에 꽃망울 터져
봄이 온 것을 압니다

엄동을 견디어 춘삼월에 핀
노랑 수선화가
시름도 외로움도 털고
봄처럼 너의 길 가라 말합니다

향기도 웃음도 수줍어
바라만 보아도
내 마음 맑아집니다.

벚꽃 질 때

벚꽃이 눈처럼
하늘 길목에서 흩날립니다
하얀 꽃등불 위에
발레 하는 무희처럼 춤 춥니다

꽃잎 흩날리는 길
눈 길 걷듯 걸어봅니다

맑고 고운 수줍은 새색시처럼
떨어진 잎들 피식 하얗게 웃으며
희고 밝으라 제게 말하듯 합니다.

김치

햇볕 한 줄기에 기운 얻고
바람 한 점 한 점 싱그러운
잘 익은 배추 한 포기에

한 줌의 소금으로 기 죽이고
정성으로 양념 버무린
김치 한 폭 썰어 놓은 밥상

하늘과 땅이 어우른
감사와 사랑만 넘치네.

청계산

들풀이 밟혀 버거울까
새털처럼 발걸음 가벼이
마음도 고요히 청계산을 오른다

산은 침묵으로
나를 토닥이고
평안 하라 자유 하라 말해온다

근심 걱정 다 들어주는 산은
어머니 같은 미소를 닮았다.

별

밤의 별처럼

어둠의 날 돌 뿌리에 넘어질까
외롭다 투덜댈까

햇볕의 낮에는 보이지 않고
내 발등상 빛 되어 반짝이네.

자연에 담아

주여!
별 구름 강물은 흐르고
흐르는 물소리
나르는 새소리 들리니
뻔뻔한 내 마음 깨끗하게 하시여
당신이 주신 창조의 소리를 듣는
겸허한 귀가 열리게 하소서.

바람소리

쏴아
웡
귀만 씻지 말고
웃니 아랫니 벌리며
나의 어리석음 교훈한다

쉿
잘 들어
고요함이 솔솔분다
외로움 찾아온다
어둠속에서 바람 들었나
빈 마음이 운다.

숲

숲은 나를 맞아주는 따뜻한 벗
새로움을 찾는 용기
내려놓음을 배우는 힘입니다

풍랑이 일어도 숲은 말 없는
포근한 어머니 품 입니다

허황된 꿈을 꿀 때
작은 잎 흔들어 잠잠하라 말합니다

나를 흔드는 모진 바람에
끝까지 참으라 침묵을 가르칩니다

숲은 작은 나무 큰 나무 함께 춤추는 무희요
사철을 노래하는
계절의 옷 입은 오케스트라입니다.

바위섬

바다를 지키는 초병
바라만 보아도 듬직하여
내 속마음이라도 털어놓고 싶다

세차게 바람 부는 날에도
꿋꿋하게 서있는 등대처럼
말없이 스스로 단단해진
침묵의 바다 천년지기
퍼렇게 멍든 세월을 견뎠다

파도에 시달리는
등살 속에서도
새날의 동살을 맞이하리라.

들꽃

오솔길 걷다 널 만났지
한 송이 큰 힘
아무리 작아도 땡볕 쏘이고
모진 비바람에
그리도 흔들리고 버텨내니
견디고 참아낸 한 인생 같네

뉘 알아주지 않아도
피어있는 생명의 신비여
예쁘지도 크지도 않은 꽃
너 그대로 가슴 열고 맞이하니
내 마음이 정원이다

별 하나
구름 한 점에도
들꽃 향기 배어있네.

하늘

하아! 늘
너무 높아 바라볼 수 없는 너

무슨 비밀이 그리도 많아
파랗게 물든 너의 가슴에
찍어 둔 꿈의 사진 나의 첫사랑을
수채화처럼 그려 놓았다

하얀 구름 잡으려 뛰어 다니던
어린 시절 흐르던 구름이
하늘에 물감을 뿜는다

하늘이 내게로 온다
그 첫 사랑이 말을 걸었다.

경비 아저씨

주인 없는 의자
신문 냄새가 깨운다
두부장수 딸랑이로 정오를 꼬집는다
딸랑 소리 동네가 움직인다

높고 낮음 없는 의자
졸고 있는 경비 아저씨 뵈니
오 후 한 때 나도 행복하다

지나가는 나에게
"제비꽃 참 예쁘죠" 하는 말에
내게 봄이 피었다

한 평짜리 경비실 평화의 아저씨
졸음도 일하는 손도
행복하다 감사하다 미소만 보인다.

고요가 나를 깨우다

떠들썩한 시장에도
산들 바람 코스모스에도
밀물 드는 파도에도 고요가 있다

흐르는 한강 흰 물새 날개 짓도
고요하다

고요는 태고의 언어
그 속에서 쉼을 얻는다.

친구의 작은 미소

친구의 작은 미소가 천지를 웃게 하였다

고개 숙인 한강의 꽃들도 환하게 웃는다
벌거벗은 나무들도 단아한 웃음을 띠운다
가지 앉은 까치들도 그 미소에 노래한다

이유 없는 우울함은
친구의 작은 미소가 만병통치약이다

나도 작은 미소로
아픈 자들의 위로가 되어야겠다.

* 사단법인 한국가교문학회 등단 시

일상의 행복 (시조)

일상이 기적 같은 무지개 행복이라
한평생 살아감이 만만치 않다지만
힘든 삶 돌이켜보니 그날도 행복했네.

3부

엄마 손은 약손

하늘 당신께

넘치는 마음

내 님 오시네

토닥토닥

그대에게 가고 싶습니다

차 한 잔 합시다

재봉틀 의자

새벽시장

아버지의 평상

어머니의 밥 춤

촌스런 DNA

작은 감사

보고 싶다

시는 잘 모르겠다

님 마중 (시조)

엄마 손은 약손

엄마 손은 약손
엄마 손이 나를 만지면
머리 아픈 것 배 아픈 것
다 씻겼어요

미안해요
죄송해요
겸손한 엄마손 같은 말
불같은 마음들 가라앉고

사랑해요
고마워요
엄마손 같은 따뜻한 말
험한 이 세상 이길 힘이 되요.

하늘 당신께

그리움 씨줄 사랑의 날줄로
당신의 옷을 지었습니다

울 사이로 한 숨 들고
눈물방울 안개처럼 스몄습니다

융단처럼 하늘 당신께 펼쳐봅니다.

넘치는 마음

이삭줍기 까치밥
긍휼한 마음으로 남겨둔 것
까치가 고맙다 깍깍 운다

고수레 던져 주던 밥 한 숟가락
들녘 풀벌레 고맙다
피리리 피리리 노래한다

소달구지 가볍게 비우고
농부가 지게에 그 짐을 대신진다
소가 고맙다 우엉 운다

나그네와 가난한 이웃을 위해
어머니 넉넉히 밥을 짓는다
솥뚜껑 덜컹덜컹 잘했다 흔든다.

내 님 오시네

바람도 넘지 못한 언덕
님 소식도 넘어 오지 못하네

슬픈 소식일까
오래 기다린 언덕에서 펄럭이네

위로의 편지일까
우뚝 선 굳은 바위에서 반짝이네

머지않아 님 오시리
개나리 진달래 어우러져
언덕 넘는 임 노래하며 마중하리.

토닥토닥

아기를 재울 때
잘 자라 잘 커라
엄마의 손으로 등을
토닥입니다

모두를 떠나보낸 지금
괜찮아 괜찮아
나를 토닥여 봅니다

기도할 때 위로의 하늘이
힘내라 힘내라
내 어깨를 토닥입니다.

그대에게 가고 싶다

함박눈처럼 그대에게 가고 싶다
혼자서도 춤추며
자유롭게 훨훨 날 수 있으니

바람으로 그대에게 가고 싶다
바람을 막아 세울 사람은 없다
아무 흔적도 없이 그대에게 가고 싶다

구름으로 그대에게 가고 싶다
훌훌 그대에게 가고 싶다
근심 걱정 없는 구름처럼 흘러
하늘같은 그대에게 가고 싶다

푸른 지붕을 가진
그대라는 집에 깃들고 싶다.

차 한 잔 합시다

차 한 잔 하자는 말은
당신을 초대하는 초대장입니다
차 한 잔은 응원의 박수입니다

차 한 잔은
그리운 당신 목소리며
보고 싶은 당신의 얼굴입니다
한 잔의 차 속에
그리움을 넣고 저으면
오래된 그 사람의 향기가 납니다

이 가을 단풍 숲으로 초대합니다
잘 우려낸 찻잔 속
파란 하늘도 있어요

우리 차 한 잔 합시다.

재봉틀 의자

엄마가 보물처럼 여겼던 재봉틀의자에
내가 앉았다
엄마 엉덩이 물결무늬가 배었다

내 옷으로 수선된
아버지의 와이셔츠가
온 몸 쫙 다림질되어 펴졌다

내가 물려받은
고목의자는 어머니의 몸이였다

딸이 앉은 신부대기실 의자
엄마의 재봉틀 의자를 닮았다

나를 시집보내실 때
흔들림 없는 재봉틀 의자에 앉으신
눈물 흘리는 어머니의 그림자를 보았다

오늘처럼 마음 흔들리는 시간
나는 늘 어머니의 재봉의자에 앉는다.

새벽시장

소란 끝에 밝아오는 아침
새벽장터는 삶의 온기

늘어놓은 자리는 다시 빈자리 된다
늘어놓고 청소하는 나의 일상

억척 아줌마 새벽장터 정리할 때
나는 어질러진 방들을 청소한다.

아버지의 평상

부안 우리 집 마당 한 가운데
아버지의 평상이 있다

별들을 초대하면
별들은 시를 데려오고
은빛 꿈을 그곳에 뿌렸다

평상과 별 사이
깊어가는 백산 꽃등불 밝은 밤
은 빛 바람이 자장가를 선물한다.

어머니의 밥 춤

오느라 욕보았지
밥상 앞에 철석 주저앉힌다
백산처럼 든든하다

쌀 한 톨에 농부의 땀과 눈물이 있으니
밥 남기지 말라고 하시면서
더 푹 퍼주시는 어머니
당신의 손길과 눈길이 그립습니다

밥 심은 노래를 부르게 하고
춤추게 한다
새끼들이 먹는 밥은
엄마에게도 엉덩이 춤 자체이다.

* 사단법인 한국가교문학회 등단 시

촌스런 DNA

나의 고향은 전북 부안
가까이는 채석강과 변산반도가 둘러 있고
동진강 맑은 물이 흐르는 고요한 시골 백산이다
나의 DNA는 채석강이 원형이다

인내 침묵 열정
파도에 시달려도 침묵과 기다림을 품으며
온 서해를 지키는 사령관이다

변산반도 괭이 갈매기 울음 먹고
나는 들꽃처럼 자랐다
눈부신 장미보다 질경이 쑥부쟁이
민들레 미나리 호박꽃을 닮았다

내겐 타오르는 불꽃 하나가 있다
어머니가 화롯불 속에서 찾아주셨다
군불을 지필 때에도 늘 어머니는 잿 속에서
따뜻하고 부지런한 삶을 가르치셨다

어머니가 보여주신 불꽃은 타올랐다
그 불씨는 지금도 타올라

채석강처럼 침묵과 인내의 어머니 결기이다
그 결기는 그대로 나의 끈질긴 원형이 되었다
꺼져도 다시 일어서는 군불처럼 피어오른다

민들레 홀씨 채석강에 꽃가루를 뿌리듯
나는 언제나 꿈을 꾸고
그 채석강은 오늘도 인내와 침묵의 스승
어머니와 함께 나를 오롯이 세워 주었다
넘어져도 다시 일어서는 뿌리가 되었다.

작은 감사

살아 있어 감사하고
눈을 뜨니 또 하루가 기적이다
해거름녘
둘러앉은 가족의 식탁
감사한 일이다

첫 눈을 만지는 손
봉선화 물든 손톱은
작은 기적이다
지난 한해는 감사할 일이다

번다한 살림이여도
아버지 나그네 거두시고
어머니 베푸신 작은 밥상
천사 같은 우리부모 감사하다

돌 틈에 민들레처럼
생명의 경이를 본다
그 작은 것들로
나는 감사하고 행복하다.

보고 싶다

무슨 생각할까 걱정 없이
그냥 편한 사람과
함께 있고 싶다

잔설 뚫고 몸 낮춘
변산바람꽃 같은
곁에 없어도 든든한
그 사람과 함께하고 싶다

차 한 잔 넉넉히 나누며
박 속 같이 하얀 이 들어내
웃어주는
그 사람과 함께 있고 싶다

그 이름만 불러도 따뜻해지고
가슴 뛰는 사람
늘 내 이름 부르며
조용히 기도하는
넘치는 은혜의 사람을 보고 싶다.

시는 잘 모르겠다

잘 모르겠다
밤 새 쓰며 지워도
좋은 싯구 외우며 즐거워도 모르겠다

출렁이는 파도
망망 바다 먼 곳 사라지듯
작은 언덕 넘어서면
겹겹 먼 산 보이 듯 멀어지니
시는 알 듯 모르겠다

물길처럼 삶은 흐르고
쌓인 내 그리움 토해내니
시가 되다니

내 시는 아직 잘 모르겠다.

님 마중 (시조)

고향의 앞산마루 꽃등불 걸어놓고
봉우리 넘어오는 새봄을 맞을세라
내님도 따라오려니 님 마중 나가보세.

4부

새벽기도

당신의 빛

교회 종소리

등대

비와 무지개

새소망

오늘도 은혜로

당신의 사랑

기도

말씀

천년나무

우간다 교회 헌당 예배

새벽기도

눈 귀 어두워
당신이 보이지 않아도
들리지 않아도

이른 아침 머리 숙여
제 부끄러움 씻는
당신의 은총을 기도합니다

아침 해처럼 보이신 은혜
나의 가슴은 벅차
벙어리처럼 웅얼됩니다.

당신의 빛

당신의 빛 내 가슴 비출 때
내 슬픔 그 빛에 녹아버립니다
오늘도 당신의 얼굴드사
사랑의 눈빛으로 내게 비추소서
어두운 세상 맑게 하소서
그늘진 곳 마다 꽃등불 켜집니다.

교회 종소리

돌아오라 돌아오라
초종 재종 교회 종소리 울린다

주일학교 때부터 귀에 익은 종소리
무거운 짐진자 오라
교회 종소리 언덕 넘어온다

주님의 목소리처럼
귀 있는 자 들으라 부르신다

도심에서 사라진
아니 이젠 어디서든 들리지 않는
교회 종소리
주님의 소리도 들리지 않는다.

등대

어두운 밤 외로운 등대 하나
변함없이 그 작은 빛 비추네

흔들리는 검은 바다
갈 길 잃은 작은 배들이 보네

언제나 그 자리에서
어둠에 더 선명히 비추네

빈 배처럼 나의 기다림도
나의 외로움도
그 빛을 따라가네.

비와 무지개

잿빛구름 어두워지고
장대비 쏟아집니다

꽃잎은 떨어져 강물에 흘러도
뿌리 깊은 나무
흔들리지 않아 든든한 것처럼

소낙비에 미움 질투 원망 불평
마음 쓰레기들 쓸려가도
주를 향한 내 중심은 굳건합니다

씻긴 푸른 하늘에서
내가 너를 사랑한다
언약의 무지개 펴집니다.

새 소망

사는 것이 힘들다
말하기 전 벌써 당신이 내 곁에 오셨습니다

그래 너 힘들지
제 마음 위로하심에
수정 같은 휘파람으로
새 노래를 부릅니다

스치는 바람에 새 소망을 실어
저 세상으로
거칠 것 없이 보냅니다

평안한 일상이 시작됩니다.

오늘도 은혜로

오늘 아침 눈을 뜬 것도 은혜입니다
창가에 앉은 까마귀와
작은 대화 나눌 수 있는 것도 은혜입니다

창문을 여니
싱그러운 바람 몸에 스쳐옵니다
너무 상큼한 당신의 선물입니다

제 입으로 찬송하며
겸손히 기도하는 이 시간
오늘도 따뜻한 은혜입니다

내려놓음조차 제 것이 아닌
당신의 은총입니다
눈을 들어 하늘 보니
모두다 당신의 은혜입니다

당신의 은총으로
무거운 제 짐을 벗고
당신의 품에 쉴 날은
영원한 당신의 선물입니다.

당신의 사랑

눈이 멀어 당신이 보이지 않아도
귀가 막혀 당신을 잘 들을 수 없어도
당신께 감사하다는 말 잘 못 했어도

머리 숙인 새벽 기도는
희미한 당신의 은총을 체험 합니다

언제 다시 길 잃은 밤이 와도
아침은 분명히 밝아 올 것입니다

밤을 가르는 새벽의 기도
제게 주신 은총의 시간입니다.

기도

기도는 하나님께 나아가는 통로
평화를 이어주는 하나님의 자비
기도할 때 내 심장은 두근두근
내 잘못 알려주는 종소리 들려
염치없는 민낯으로 오늘도 엎드린다

기도는 하늘과 땅 오가는 가교
잠든 나의 양심 깨워주며
빛나는 별을 초대하여 나를 씻는다

기도는 절망 중에 울리는
사랑의 종소리
한 숨이 변하여 기쁨이 되고
어둠을 소망의 빛으로 바꾸어 주신다

기도는 겸손이 다가오는 창
낮아져라 주의 음성 바람처럼 온다

기도는 주님께 나가는 평화로운 수행
나는 피난처 되신 주로 편안하다 말하리.

말씀

삶의 고비를 넘다 넘어질 때
나를 일으킨 스승이 있다

어찌 할 바 몰라 할 때
나를 세워준 구절구절
나를 구원한 말씀

역경에서 머리 들고
다시 하늘을 올려본다

어느새 푸른 하늘에
위로부터 말씀이 퍼진다.

천년나무

잿빛구름 지나가니
한바탕 산산에 소낙비가 내렸다
빗물에 나뭇잎 꽃잎도 떨어지고
흙들도 쓸려간다

천년 나무 한그루
든든한 뿌리만 씻길 뿐
끄떡없는 풍성한 가지를 펼친다

미움 질투 원망 떨어지고
부질없는 욕심 씻겨 흘러가고

나는 저 천년나무처럼
하늘 향해 손 흔들리라
비 갠 후 무지개 뜨듯
다시 우뚝 선 내게 주 은총 비추리라.

우간다 교회 헌당 예배

내 안에 있는 주의 선하심
아름다운 꿈에 이끌려
아프리카 우간다의 한 마을에서
교회 헌당 예배를 드렸다
주님만 찬양 받으실 지어다

나의 열정도 그리고 드린 물질도
결국 하나님의 것임을 알았다
설교자인 내가 오히려
발을 구르며 온 몸으로 찬양하는
그들로부터 내게 전한 말씀을 들었다
주님만 찬양 받으실 지어다

받는 것 보다 주는 것이 좋은 것임을
체험한 큰 즐거움이지만
주님의 것을 주님께 드렸다는
나를 비우고 낮추는 깨달음
진정한 헌신의 참 평화를 맛 보았다
주님만 찬양 받으실 지어다

우간다 생명선 교회의 헌당 예배
약하고 낮은 자들과 함께한
더 낮아져라 나를 부르신 선교 여행
그날 그 기쁨 자유와 평강이 다시 흘러
나의 영혼아 찬양 할 지니
주님만 찬양 받으실 지어다!

* 우간다 생명선 교회 헌당을 감사하며

친구야

(뉴욕에 살고 있는 친구에게)

그리운 너의 얼굴
때로는 봄꽃처럼, 푸른 숲처럼
붉은 단풍, 겨울 흰 눈처럼
매일 아침 찻잔 속에서
출렁이는 너의 모습을 본다

곁에 있어도 그리웠던 친구
너의 기도, 너의 고운 향기
이제는 태평양 건너는 샛바람*에 실려
감미로운 손길 되어 내 볼을 만진다

파도처럼 출렁이며
수많은 너의 속삭임, 몸짓들 먼 곳에서
내게 밀려와
오늘 나의 노래가 되었고 시가 되었지

기쁜 소식 들을 때
먼 하늘 울리듯 서로 기뻐하고
슬픈 일 서로 마음 아파
냉가슴 앓다 기도하는 친구야

'당신을 보니 하나님 뵌 듯합니다'*
너에게 사랑의 미소를 배웠고
변하지 않는 우정
인내하시는 하나님 사랑 배운다

친구야 서로의 기도로 이어진 다리
그 사랑의 가교를 날마다 건너자
친구야 하늘빛 품은 작은 별처럼
우리 우정 세상 반짝이는 빛이 되자.

* 본 시는 시인의 친구인 미국 뉴욕 베데스다교회 김원기 목사의 사모인 김정숙 님을 그린 시이다. 영역은 김정숙 사모가 하셨다.

* 샛바람: 동쪽에서 부는 바람
* '당신을 보니 하나님 뵌 듯합니다': 야곱이 형 에서를 만날 때 쓴 사랑과 용서를 구하는 표현

My friend

Even before I called your name
Even when I lift up my face
You’re a precious and noble friend

Oh, your face in a teacup is full of longing

Sometimes like spring flowers
Sometimes in the green forest
Sometimes with red leaves
Sometimes like white snow
Your body swaying in the coffee cup

Your beautiful scent in the wind
I feel your sweet friendship when I touch my cheeks
I miss you even when I'm with you
I miss you, my friend

My friend's prayer for me
across the Pacific Ocean is like a river
It's flowing in my heart
There are so many languages
and symbols that are swaying like the waves
It becomes a song and a poem

When we're happy, let's be happy together
When something sad happens,
I can't even call because I'm heartbroken
You are a friend who prays with your heart

Through friends
I learned how to forgive
I learned how to love
Patient and unchanging
Through friendship
Invisible
I learned the love of God

Friends are the bridge of love
I can't go back and forth
We built that bridge that connects love

People with closed minds
People who are hurt
Cross that bridge
I hope it shines like a star.

Translated by ChungSook Kim

평설

권양순 시인의 「꽃등불」을 읽고

박영률 박사

I. 들어가면서

권양순 님은 목사이며 시인이시다.

첫 시집 출판을 축하드리며 기뻐하고 감사드린다.

우리가 다 아는 대로 문학은 언어 예술이다. 언어와 글을 통해 시인의 마음을 들을 수 있으며 볼 수 있다. 사람은 본래 그리움이 있고 그리움은 사랑을 동반한다.

그리움과 사랑은 향기와 빛깔이 있게 마련이다. 시인의 글을 통하여 깊고 높고 넓은 생각이 표출되게 마련이다.

유승우 교수[1]는 〈시 창작에 대한 견해와 감상〉에서 기록하기를 사람의 몸은 다른 생물이나 동물과는 달리 영과 혼이 있고 육체가 있다.

---

1. 유승우 교수 (문학박사)는 박목월 시인의 추천으로 현대문학으로 등단한 널리 알려진 시인이며 인천대학교 명예교수이다.

따라서 인간은 이성을 가진 사고(思考)와 감성을 가진 특별한 존재로 상상(想像)을 하게 된다. 이성을 기반으로 하는 사고는 머리로, 상상은 가슴으로 한다고 한다.

이 가슴은 마음이며 심장을 뜻하기 때문이다.

김봉군 교수(문학박사)[2]는 그의 〈문학비평과 문예창작〉이라는 저서의 〈문학이란 무엇인가〉라는 소제목을 통하여 '좋은 작품은 열린 감동의 계기를 창출하며 독자들에게 다가간다. 직설, 설명, 영탄, 절규의 래토릭(rhetoric)의 정치사(政治史)는 여지없이 감동력 환기에 실패하므로 생명력이 없다. 문학의 말하기 방식은 어디까지 문학적인 것이라야 한다. 문학 작품 자체가 밥, 총, 칼인 목적 문학의 독자 아니다. 생명력을 잃지 않고 오래 읽히는 문학의 요건은 '개성과 보편성, 항구성이다'라고 했으며 또한 '시는 설명이 아니다'라고 했다.

예를 들어 '달밤에 여치가 운다. 여치 소리에 고향이 그립다' 이건 시가 아니라 직설이요 설명이다.

울음소리를 줍는다. 떨기 꽃 피어나 풀숲/
/슬픈 말이나 추운별이 울고 간/ 울음소리들//

물대에 매 달려 구슬로 익어가는 울음소리// (생략)
〈문효치의 여치〉 이건 시다.

---

2. 김봉군 교수는 서울대학교 국어학과와 법학과를 거쳐 서울대학교 대학원을 마친 문학박사이며 문학평론가, 시조시인이며 가톨릭대학교 총장을 역임하고 현재는 명예교수이다.

설명하지 말고 이미지를 창조하자, 이미지가 아니면은 곰삭은 예지(叡智)를, 답답하여 하는 말이다. 라고 (하나로 선 사상과 문학) 권두언 (2015. 가을호) 〈이 문단을 어찌할 것인가〉에서 문인 단체들은 작품 수준에 비난을 받는다고 밝히고 있다.

우리모두가 곱씹어 보아야 할 글이라 하겠다.

유승우 시인의 〈물에는 뼈가 없습니다〉에서

물에는 뼈가 없습니다. 굵은 뼈, 잔뼈, 가시도 없으며 척추도 관절도 없습니다

심장을 보호할 갈비뼈도 없어서 / 맑은 마음이 다 드러나 보입니다

뼈가 없어서 누구하고도 버티어 맞서지 않습니다 / 뼈대를 세우며 힘자랑을 않습니다

누가 마셔도 목에 걸리지 않고 그의 뱃속에 들어가 흐릅니다

누구를 만나도 껴안고 하나가 됩니다 / 뼈대 자랑을 해서 제 출신을 내세우지 않습니다

높은 곳 출신일수록 맑고 더욱 빨리 몸을 낮춥니다/ 뼈도 없는 것이 마침내 온 땅을 차지하고 푸르게 출렁입니다 / 전문)

유승우 시인의 시는 우선 시어가 평이해 보인다. 그러나 그 깊이는 가능한 아포리즘을 품고 있음이 여실이 보인다. 사랑 깊은 사람의 겸손과 온유의 덕을 차근차근 깨우친다. 예수님 사랑이 뼈와 시에 녹아든 시혼(詩魂)만이 이런 시를 빚을 뿐이라고 김봉

군 평론가의 분석을 보게 된다.

II. 시 감상

권양순 시인은 그의 시집을 4부로 나누어서 1부에 17편을 2부에 16편을 3부에 16편을 4부에 12편을 상재했다. 필자는 이 시들을 음미하며 느낀 것은 그의 신앙심이 밑에 깔려있으며, 자연을 노래하고 그리움, 속 깊은 사랑이 시의 주제들이라 보았다.

필자는 평론가가 아니기에 여기서 평설이나 평론을 하고자 하는 것이 아니라, 다만 시인의 시를 음미하면서 시인은 기억의 창고를 열어 추억을 되새기며 평범한 일상의 시어들도 정겹게 표현하고 있음을 보게 된다.

편의상 각 부에서 골고루 한두 개씩 선택하여 시 감상을 하고자 한다. 그의 시 〈단풍〉을 보자.

피는 꽃도 예쁘지만
지는 단풍
내겐 오히려 황홀하네

내가 너를 그리워하고
네가 나를 아파하듯

우리 닮은 잎 하나

너에게 곱게 보낸다.
(단풍 전문)

단풍과 꽃을 비교하면서 가을에 아름답게 물든 단풍에 취해 그 단풍을 그리워하고 그 단풍을 인생의 끝자락에서 단풍을 시인은 아파한다고 했다. 그것은 인생의 끝자락에 머물러 있는 자신을 아파한다고 했다. 그것은 자연이 오히려 노년에 이른 시인을 아파하고 있다고 한다. 이 시인 자신이 노년에 이른 것임을 보여주고 있다.

그러나 봄의 피는 꽃도 예쁘지만 가을의 단풍이 오히려 황홀하다고 고백함으로 노년을 더욱 아름답게 살고 싶은 시인의 마음이라 믿어진다. 단풍이 우리를 닮았다는 것이다. 그것은 자연은 오히려 노년에 이른 시인을 아파하고 하는 것이라고 했다. 그렇지만 자신을 닮은 곱고 황홀한 빛깔의 단풍을 그리운 님에게 고운 그대로 황홀한 그대로 보낸다는 마음이 여실히 드러나고 있는 것은 인생은 누구나 나이 들면서 늙어 가게 마련이지만, 시인도 그 늙어가지만 황홀한 단풍 빛깔처럼 더욱 아름답기를 바라고 있는 것이다. 그 아름다움을 뭇사람들에게 나타내고자 하는 마음이 더욱 아름답다고 할 것이다. 또한 〈가을 보내기〉란 시를 보자

차가운 바람 소리에
가을을 밀어내고
겨울이 다가 옵니다

부디 지는 단풍나무 아래에선
한 숨조차 내지 마세요
가을이 편히 갈 수 없습니다.
(가을 보내기 전문)

계절이란 인간의 힘으로는 바꿀 수 없는 자연의 섭리이다. 어느새 차가운 바람이 불면 낙엽은 지고 겨울은 오고야 말 것이다. 그러니 사라지는 단풍나무 아래에서는 숨소리조차 내지 말라는 것이며 그것은 가을이 편하게 갈 수 있도록 배려하라는 것이다.

자연의 변화를 받아드리는 지혜가 엿보인다.

아무리 몸부림쳐도 계절은 제 갈 길을 간다는 사실을 알아야 한다는 것은 자연의 순리를 거스르지 말라는 큰 교훈을 주고 있다고 하겠다.

벚꽃이 눈처럼
하늘 길목에서 흩날립니다
하얀 꽃등불 위에
발레 하는 무희처럼 춤 춥니다

꽃잎 흩날리는 길
눈길 걷듯 걸어 봅니다

맑고 고운 수줍은 새색시처럼
떨어진 잎들 피식 하얗게 웃으며

희고 밝으라 제게 말하듯 합니다.
(벚꽃 질 때 전문)

벚꽃은 일시에 화려하게 피었다가 일시에 사라지는 꽃이다. 벚꽃은 일본의 국화다.

우리나라 꽃은 무궁화로서 은근한 아름다움과 꾸준한 모습이다. 그런데 무궁화 꽃 잔치는 없고 꽃놀이(벚꽃놀이)가 이곳저곳에서 벌어지고 있다. 그런데 시인은 벚꽃이 질 때의 모습을 하얀 눈처럼 하늘 길에서 흩날린다고 하면서 그것을 마치 하얀 꽃등불 위에 발레 하는 무희처럼 춤을 춘다고 했다. 꽃피는 것도 아름답지만 꽃이 지는 것을 마치 눈이 흩날리는 것처럼 봄에 겨울을 느끼면서 걷고 있다고 했다. 그러면서 하얀 눈이 내리듯이 벚꽃이 하얗게 웃고 있는데. 그것은 자신에게 희고 밝게 살라고 말한다는 것이다. 시인은 인생을 부정적으로 보지 않고 긍정적으로 생각하고 있음을 보게 된다.

벚꽃이 사뿐 사뿐 흩날리는 모습이 마치 발레 하는 무희가 춤을 추고 있다고 했다. 벚꽃 지는 것을 무희가 춤추는 것처럼 느끼고 생각하는 그 마음이 매우 아름답다. 매우 긍정적인 시인의 모습을 볼 수가 있다.

시인은 신앙의 밑바탕에 부활의 소망을 노래한다고 할 것이다. 인생의 소망은 봄에 겨울을 즐기며 겨울에 봄을 즐기는 전천후의 삶의 모습이 아닌가 싶다.

3부에서는 〈차 한 잔 합시다〉를 감상해본다.

차 한 잔 하자는 말은
당신을 초대하는 초대장입니다
차 한 잔은 응원의 박수입니다

차 한 잔은
그리운 당신의 목소리며
보고 싶은 당신의 얼굴입니다
한 잔의 차 속에
그리움을 넣고 저으면
오래된 그 사람의 향기가 납니다

이 가을 단풍 숲으로 초대합니다
잘 우려낸 찻잔 속
파란 하늘도 있어요

우리 차 한 잔 합니다.

확실히 현대는 차 문화가 지구촌 곳곳에서 열풍이다. 건강에 관심을 가지면서 건강에 좋다는 보이 차는 엄청나게 비싼 것도 있다고 한다. 어떤 분은 보이차로 건강이 좋아졌다는 말도 들린다. 그 가운데 커피의 열풍은 대단하다. 길거리에 보면 저마다 커피잔을 들고 다니는 사람들이 엄청 많음을 보게 된다. 커피집마다 만원이다. 아늑한 분위기에서 삼삼오오 모여서 커피잔을 앞에 놓고 소통한다.

커피는 소통의 수단이며 초대장이다. 차를 마시면서 대화하는 것이 유행이다. 오래간만에 '차 한 잔 합시다' 그 말속에는 더욱 친해지고 싶다든가 또는 만나서 오해를 풀자는 뜻도 되기도 한다. '차 한 잔 하자는'것은 만나자는 의미도 있다. 만나야 일이 성사되며 또는 만나야 문제도 해결도 되는 것이다.

만남은 차 한 잔 하면서 이루어지고 헤어짐도 차 한 잔 하면서 이루어진다.

무엇이 되었든 만나야 해결의 실마리를 풀 수 있는 것은 사실이다. 차 한 잔 마시며 의견을 개진하여 결혼도 하고, 다정하게 문제를 풀기도 한다. '차 한 잔 하자'는 말은 초대장이라는 말이 실감된다. 만나서 희로애락을 다스린다. '차 한 잔 하자'는 말속에는 엄청난 철학과 인문학이다. 그리고 역사를 이루게 된다는 뜻도 있다는 사실이다.

권양순 목사 시인의 시들이 대부분 믿음의 바탕 위에 써졌지만 특히 제4부의 12편의 시들은 더욱 그렇다고 하겠다. 우선 〈교회 종소리〉라는 시제에서

돌아오라 돌아오라
초종 재종 교회 종소리 울린다

주일학교 때부터 귀에 익은 종소리
무거운 짐진자 오라
교회 종소리 언덕 넘어온다

주님 목소리처럼
귀 있는 자 들으라 부르신다

도심에서 사라진
아니 이젠 어디서든 들리지 않는
교회 종소리
주님의 소리도 들리지 않는다.

이 시를 감상하면서 필자 자신도 옛 추억 속에 빠져들고야 만다. 우리나라에 기독교가 들어오면서 큰 전환기가 된 것을 부인 못할 사실이다.

우선 한글 보급과 발전에 크게 기여했다. 까막눈이던 사람들이 교회에 출석하면서 성경을 보게 되었고, 새벽에 일어나 하루도 빠짐없이 새벽기도에 참석하면서 부지런한 새벽 인생의 삶에 크게 기여 해, 우리의 삶이 점차 부유하게 되었다.

새벽 기도가 끝나고 바로 아침 식사 전에 텃밭에 나아가 일을 하고 들어가 아침 식사하고 다시 논밭으로 나아가 부지런히 일을 하게 되었다. 농경사회에는 게을러서는 가정 형편이 좋아질 수가 없다. 부지런한 가정은 가난해질 수가 없다. 게으른 가정을 부지런 가정으로 전환시키는데 새벽기도가 크게 기여한 것이다.

또는 교회에 안가더라도 교회에서 새벽 종소리가 들려오면 그 종소리에 잠을 깨 논밭으로 가게 되는 경우가 많다는 것이다. 그 종소리가 고요한 새벽을 깨우며 언덕까지 넘어오는 것이다. 요컨대 교회 종소리는 부지런하게 하는 계기가 되었다고 본다. 필자 자신도 새벽 종소리가 들리면 마치 기상 나팔소리를 들은 것처럼 벌떡 일어나 새벽 기도회에 참석했던 기억을 잊을 수가 없다.

학생은 새벽기도 다녀와서 공부하여 복습도 하고 예습도 해 성적이 좋아지는 것이 사실이고 어른들은 새벽부터 일을 하게 되니 가난을 탈피한 것도 사실이다. 그런데 언제부터인가 교회의 종소리, 교회의 차임벨 소리가 사라지고 나니 게을러질 수밖에 없으며 신앙심도 약해지는 것이다. 그래서 시인은 교회 종소리가 들리지 않으니 주님의 소리도 들리지 않는다고 했다. 시인은 교회 종소리가 곧 주님의 음성으로 깨닫고 있는데 주의 음성을 듣지 못해 안타까운 마음을 이야기한다.

다음으로는 〈말씀〉이라는 시를 감상하고자 한다. 기독교는 말씀의 종교다. 이 말씀은 곧 성경 말씀이다.

삶의 고비를 넘다 넘어질 때
나를 일으킨 스승이 있다

어찌 할 바 몰라 할 때
나를 세워준 구절구절
나를 구원한 말씀

역경에서 머리 들고
다시 하늘을 올려다본다

어느새 푸른 하늘에
위로부터 말씀이 퍼진다.

이 시를 보면 시인은 말씀 중심의 믿음(신앙)을 소유하고 있음을 깨닫게 된다.

귀하고 바른 믿음이라 하겠다. 특히 제 4부의 12편의 시들은 모두가 기독교 신앙을 다양하게 묘사한 시 들임을 알 수 있다.

Ⅲ. 나오면서

권양순 시인의 시를 읽고 음미하면서 자연을 노래하며, 그리움, 속 깊은 사랑 등 사람들의 이야기가 있고, 노란 개나리가 피어나는 모습을 보면서 부활의 교향곡이 들리고 온 산야에 퍼진다고 하니 자연의 섭리 가운데서도 부활을 보고 있음, 즉 하나님의 계시를 읽고 있다.

가을, 바람, 단풍 온 사물들 속에서도 하나님의 자연계시를 잘 보여 주고 있는 것이다.

또한 추억의 창고를 열어 보면서도 믿음의 삶으로 일관되었음을 깨닫게 한다.

다만 시는 언어 예술로서 설명이 아니라 이미지화해서 흔한 이야기가 아니라 낯선 언어를 찾아서 표현해야 됨을 명심하시면 더욱 시적 감흥이 있는 시인이 되실 것을 믿어 의심치 않는다.

예를 들어 석양에 지는 해가 아름답게 하늘을 빨갛게 물 드린다고 할 때 그것을 누구나 느끼고 보는 것이어서 시적 감흥이 없는 것이다. 그것을 '석양에 지는 해가 나무 가지에 찔려 시뻘건 피를 철철 흘리어 온통 하늘이 피투성이다'라고 한다면 그것은 석양을 이미지화한 시가 될 것이다.

따라서 시의 이미지는 당연한 설명이 아니라 낯선 언어, 상식을 뛰어 넘는 언어를 찾아 표현해야 시가 되고 감흥이 있는 것이다. 권 시인의 시를 읽으며 추억의 창고, 기억의 창고를 필자도 열어 보며 그리움, 사랑, 기다림, 자연 속에서의 깨달음에 공감을 가지며 한국 문학사에 길이 남는 시인이 되길 소망한다. 다시 한 번 시집 출판을 축하드린다.

박영률 박사

· 하나로 선 사상과 문학 발행 편집인
· 국가 발전 기독 연구원 원장
· 세계시문학회 회장
· (사)기독교문학가협회 이사장
· 교육학 박사(Ed.D), 철학박사(Ph.D)